U0486130

大作家写给孩子们

树国之旅

[法]勒克莱齐奥 著
[法]亨利·加勒隆 绘
张璐 译

上海人民美术出版社

J. M. G. Le Clézio
Henri Galeron

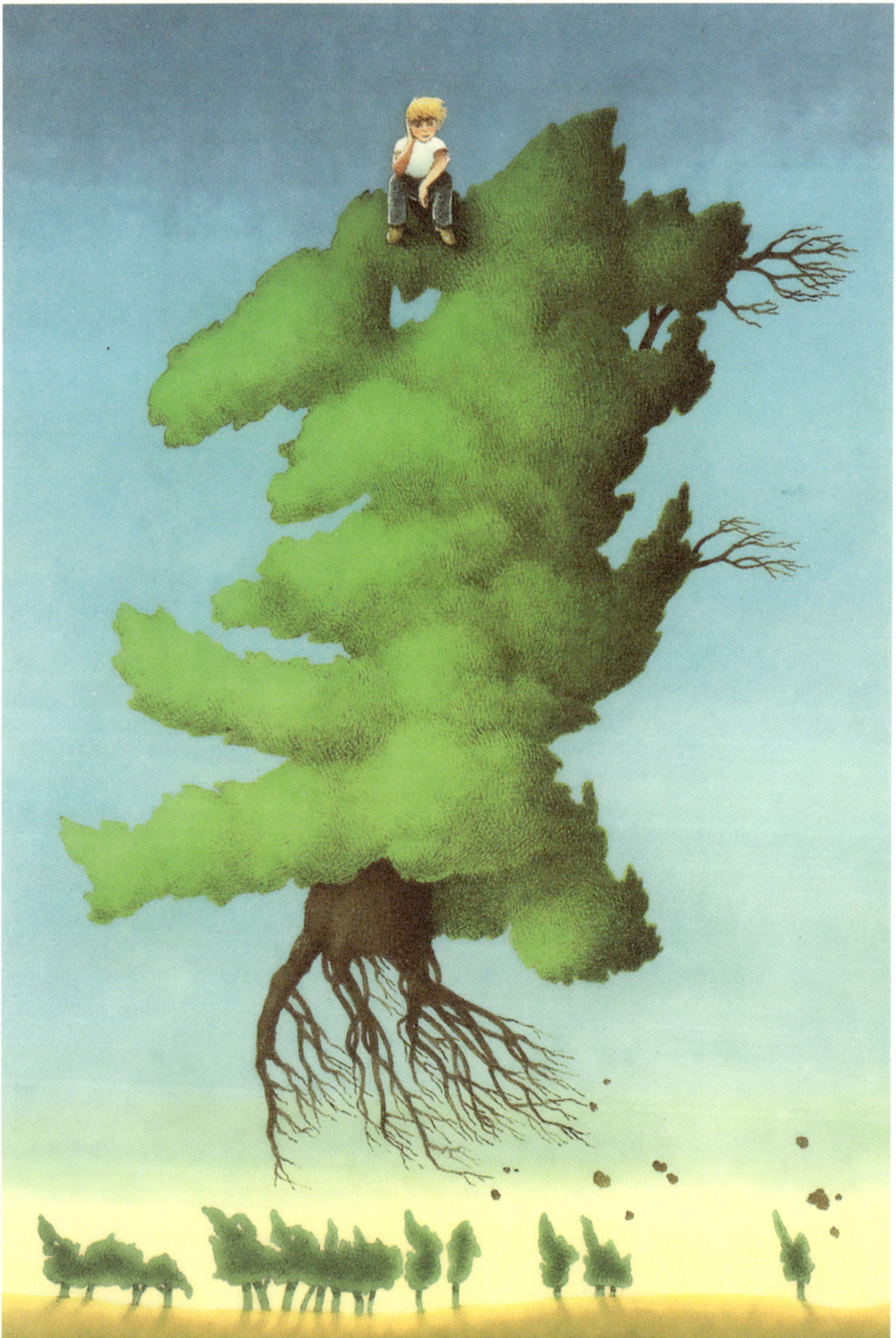

很久以前，有个小男孩，很是烦闷。他很想出去旅行，去到天边，跑到大海边，或者走到地平线的另一端。但是，要旅行必须有钱。这个小男孩既没有小船，也没有汽车，更没有火车，没有任何交通工具。于是，他只好待在原地，郁闷着。可是有一天，他对自己说，也许用不着翅膀或者鱼鳍也能旅行。就这样，他有了去树国的念头。当然，这个念头不是突然冒出来的。很久以前，他就在森林里散过步，闻过各种奇怪的东西，仿佛树木想要对他说话，又好像树木都在移动；今天他来到这里，明天他又去到那里，他有种印象，感觉这些树都在挪动。当然，一旦有人看树，它们就一动不动。它们直立在大地之上，张开枝条，上千片树叶在风中颤抖、盘旋。

　　这个，其实是树们玩的把戏，为了让人相信它们始终待在一个地方，万年不变。它们看上去安详温和，稳固的树根将它们定在黑土地上。如果不仔细看，人们就会觉得它们无欲无求，一无所知。但是小男孩知道，这不是真的。树不是静止的。它们看上去像在睡觉，就这样沉沉地睡了几个世纪。它们看上去没有思想，但是小男孩是知道的，这些树不是在睡觉。它们只是有点怕生，有点害羞，它们一看到有人靠近就会收紧根系，一动不动。它们有点像退潮时候的贝类，每次一听到人类的脚步声，

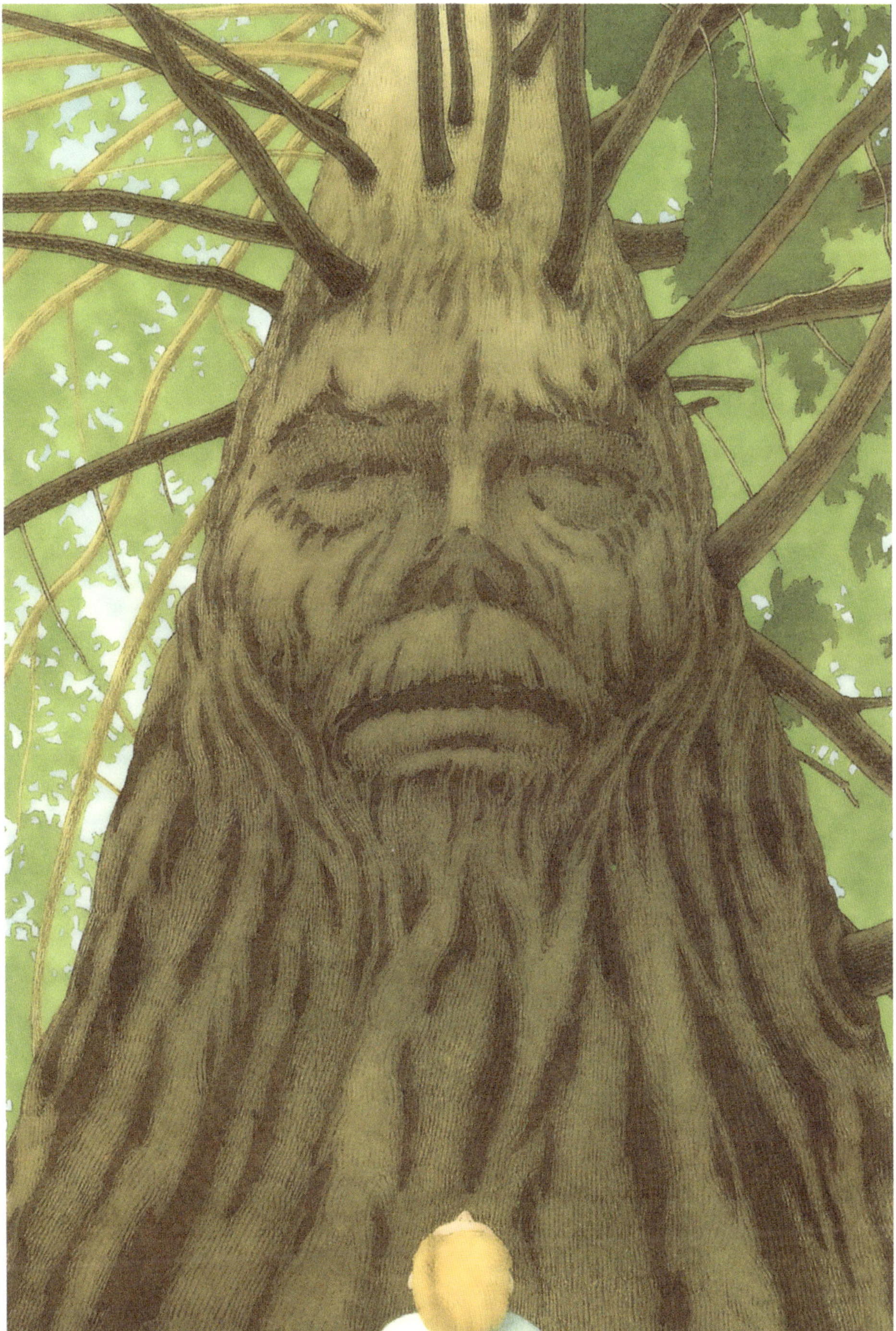

就紧紧地吸在老岩石上。必须要让树木变得容易亲近。

小男孩不着急踏上树国之旅,他先是花时间来亲近树木。为此,他轻手轻脚地走到森林里面,非常小心,不发出一点声音。然后,他找到一块林间空地,就那么坐在地上等着。有时,他轻声地吹几声口哨,因为树很喜欢嘘嘘咝咝组成的音乐。它们从来不怕鸟儿和飞蝉,它们很喜欢温柔的鸣叫声。

小男孩像这样吹了好一阵儿，终于看见树木渐渐放松下来。树枝越发舒展，像一把把大伞。根系变得柔软，甚至从土里钻出来，动作非常缓慢，看起来很好笑，因为根须都是白色的，太阳和光线没有把根晒黑，所以跟树枝的颜色不一样。当根须和树枝松开一点以后，可以听到一种奇怪的声响，一种打呵欠一样的巨响，来自森林的每个角落。橡树的呵欠声尤其响亮，还带有沉重的叹息。白杨树的声音小一些，带有细小尖锐的呼吸声，冷杉也是如此。树底下，蕨类植物微微摆动，如波浪一般，这可不是风吹的。

不懂得如何亲近树木的人说，森林是无声的。但是只要你吹起口哨——如果吹得好，能吹出小鸟的鸣叫，你就能听见树发出的声音。首先是这些呵欠声和尖锐的呼吸声。随后，你会听到其他声音。有低沉的击打声，仿佛土地之下的某处有颗心脏在怦怦跳动。再然后是一片噼噼啪啪的声响，那是树枝在噼里啦地展开，树叶在哗啦啦地晃动，还有树干舒展纹路发出的声音。特别是还有嗡嗡的声音，因为树木在回应你的口哨。这正是树的语言。如果你不仔细听，会以为那是小鸟的啼鸣。老实说，声音确实很像。但是这并不是小鸟在啼鸣，而是树木在说话。小男孩学会了辨认树木的声音。

从那些粗壮的大树上发出的是低哑、持续的嗡嗡声，带着大地一起颤动，一种猫头鹰叫声般的声音，始终诉说着相同的东西。细弱的树木，则有着笛声般清亮的声音，一刻不停地低声吟唱，轻轻地吹着口哨，听着甚至有点累人，它们不停地用细小尖锐的声音说着什么。听不懂树的语言的人以为树上有各式各样的燕雀和鹧鸪，但是小男孩非常清楚，这是白杨、山杨、洋槐，还有所有细树干的树木发出的声音。

就这样吹着口哨来亲近树木，让小男孩玩得很开心。渐渐地，所有的树都开始说话，当它们同时发出声音，发出的是咝咝声和呵欠声混合在一起的嘈杂声时，很容易听见。

在树国里亲近树木还有个好处，就是可以知道，树木其实是可以看到你们的。有些人说树是瞎的，是聋的，它们不会说话。但是这不是真的。当树木允许你们接近之后，你们就会发现再没有什么比它

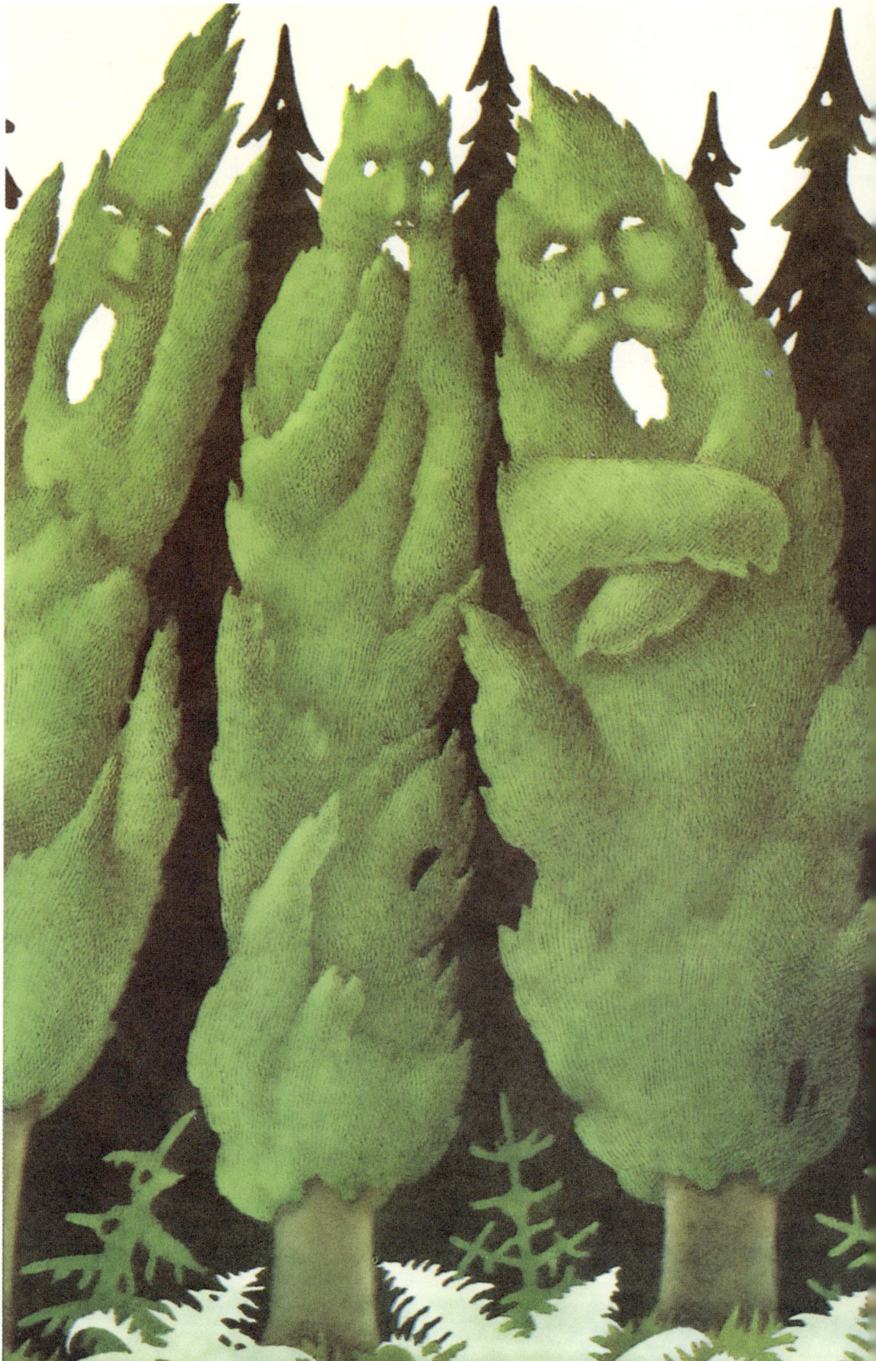

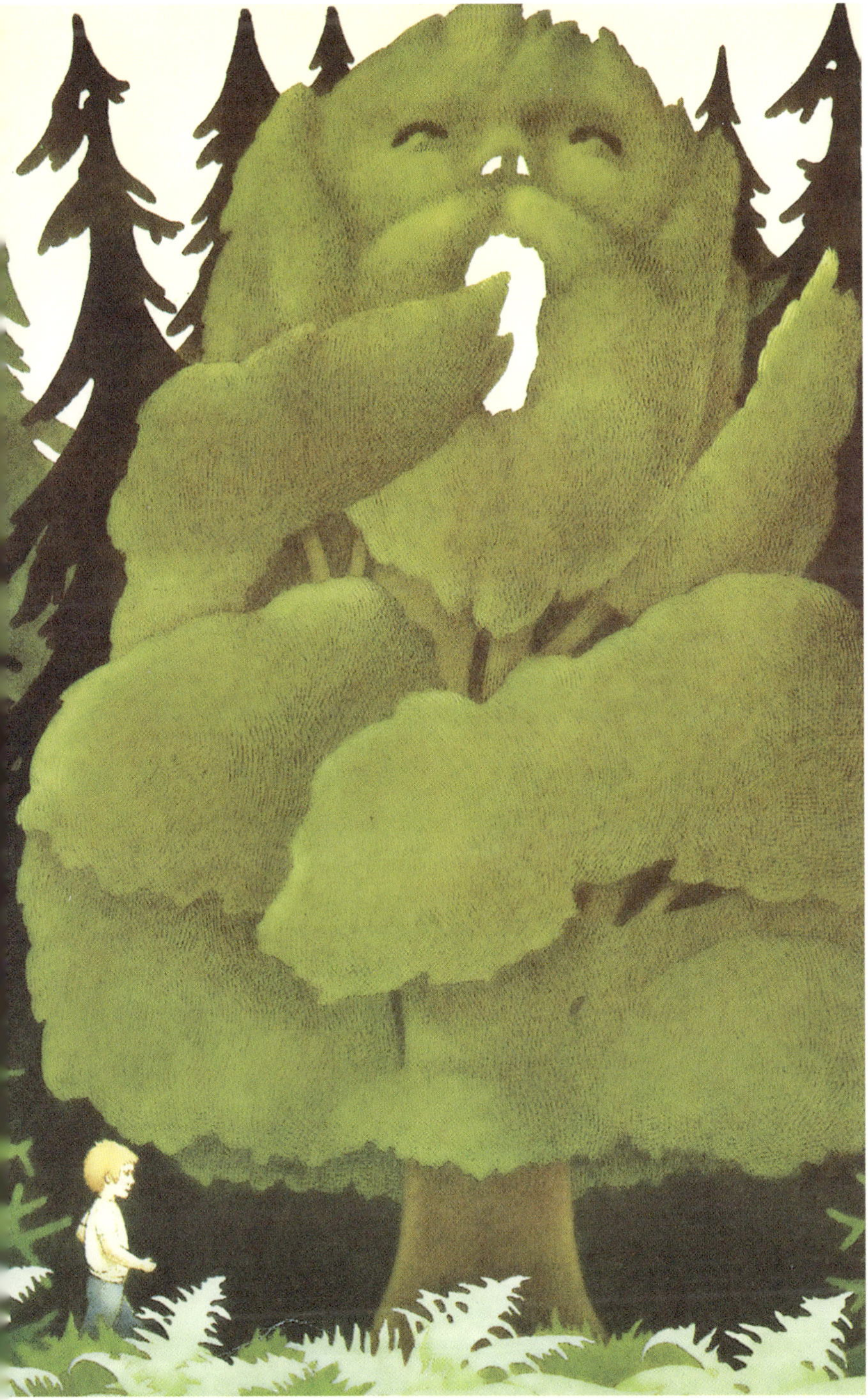

们更健谈的了。而且，它们身上到处都是眼睛，每片树叶上都有。可惜没人知道这个秘密。因为树们都有些害羞，有人在附近的时候，它们通常会一直闭着眼睛。想在树国旅行的小男孩，慢慢学会了打开这些眼睛。他用最温柔的方式吹出哨音，吹的不是乐曲，而是像树一样，就吹一两个音符，非常轻柔。很快，他就看见每一片摇摆的树叶上，眼睛一只接一只地睁开了，很慢很慢，像是蜗牛的眼睛。眼睛的颜色五彩缤纷，有黑色的、黄色的、玫瑰色的、深蓝色的和雪青色的。所有的眼睛都盯着坐在林间空地中央的小男孩，感觉好奇特，因为它们的眼神是那么温柔。

当然，并非所有的树都一样。橡树（名字叫"唔德唔德唔德唔德"），是严肃的树，有着深邃的眼神，让你们微微颤抖。它总是思考严肃的问题。它没完没了地看着星空和夜。它知道所有星座的名字，认真地观察着月亮的位置。桦树，有个复杂的

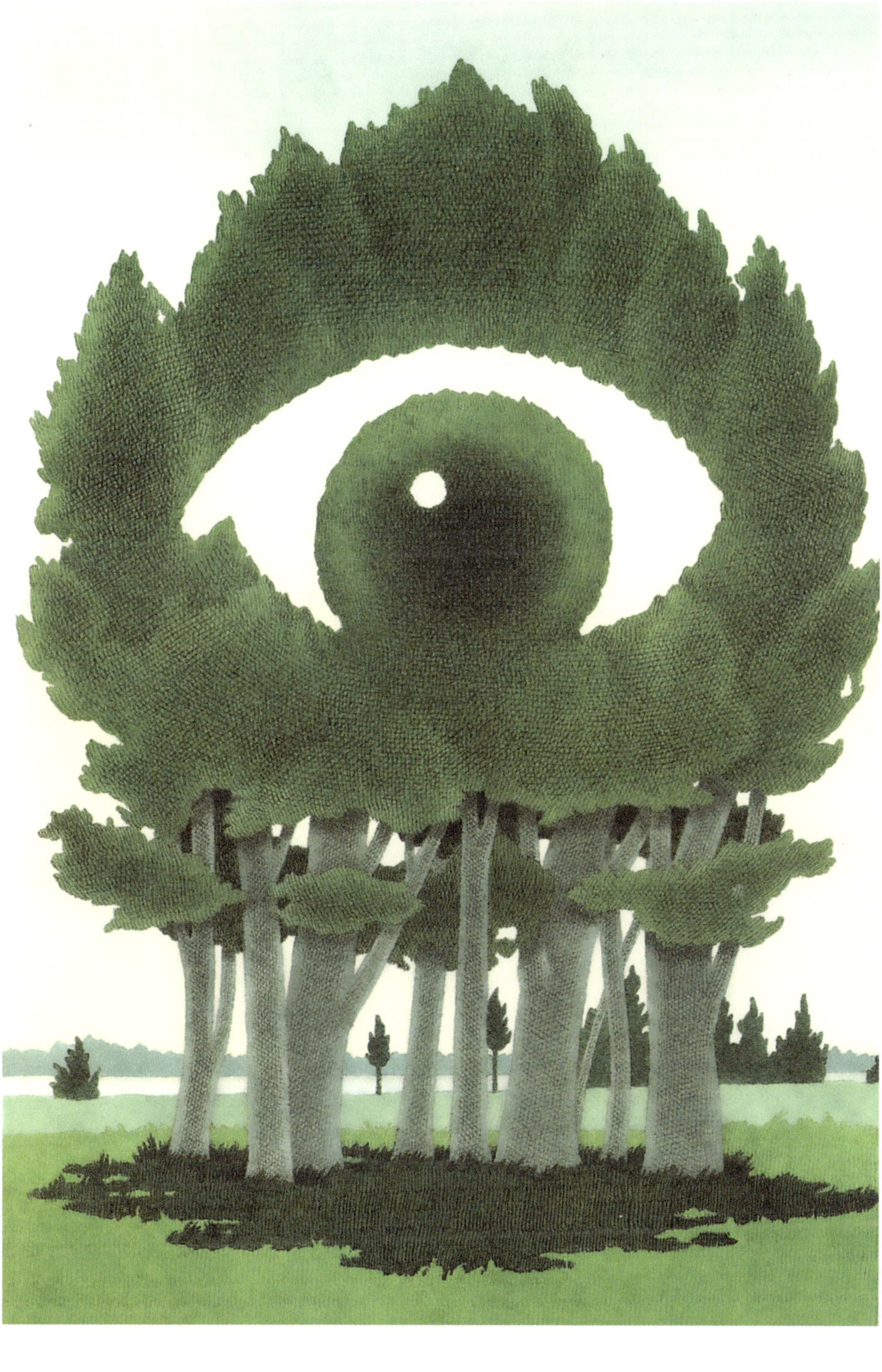

名字，叫作"噗咦呼呼咦吐咦"，它只知道玩。它很喜欢太阳光，它的游戏是把光线反射到其他树的眼睛里。是啊，它一点都不严肃。还有一棵古老的枫树，叫作"呼特"。它的年纪很老了，从根部开始树干被分成了两半。它遭受过好几次雷击，它很喜欢向别人讲述发生了什么。还有好多其他树，小男孩不知道它们的名字，有柏树、白蜡树、栓皮栎树、月桂树、欧亚槭、白杨、柳树、梨树、榛树。它们都在那里，在森林里，一棵紧挨一棵，在那里喋喋不休。还有很多冷杉，深色的，树干修长。冷杉不怎么说话。它们有点沉默寡言，和红豆杉很像。但是冷杉是森林的守卫者。一旦有人靠近，它们的针叶就会颤动，发出急促的沙沙声，仿佛雨水将要落下。瞬间，所有的树都不再做声，毕恭毕敬地站直了。它们合上眼睛，收起枝条，佯装不动。

但是，小男孩已经通过吹口哨成功与这些树亲

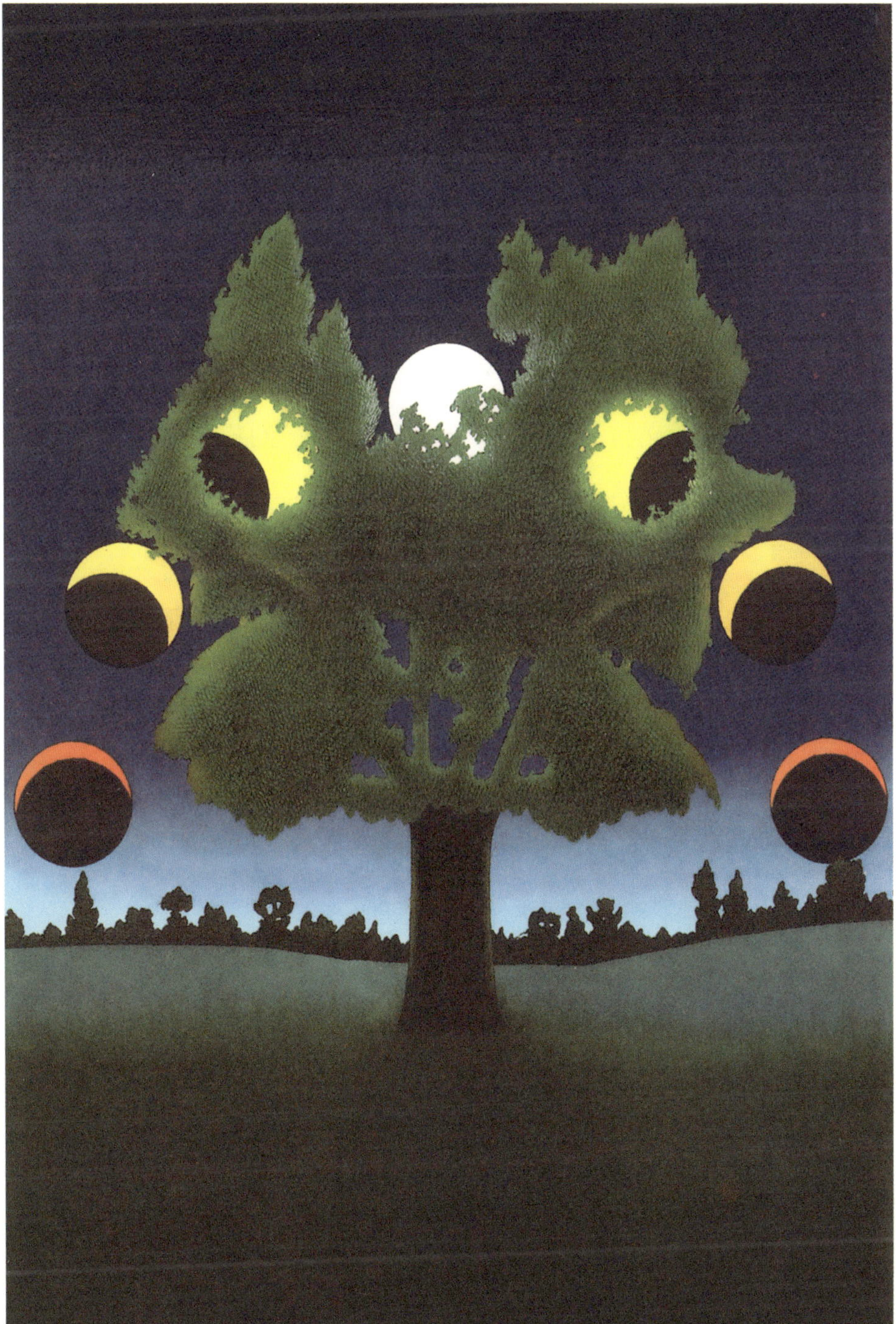

近起来，他可以在森林中央漫步，树上所有绿色的眼睛都看着他，他能听见树木闲聊的声音。树就是这样的，它们总是讲个不停。它们睡一会儿，然后醒来继续东拉西扯。它们互相讲故事，讲树的故事，没头没尾，不是讲给人类听的。它们说起雨，说起好天气、暴风雨，还有森林另一头传来的最新消息。桦树和山杨一直在说，一刻没停过，声音细细尖尖的，听着累人，而且它们总是晃动无数的叶片。白杨也是的，太唠叨了。

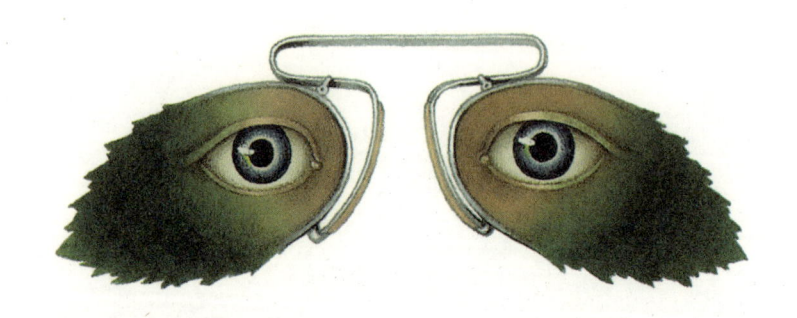

话最少的，自然是橡树和古老的枫树。它们有种奇特的低沉嗓音，讲述的是两百年前的古老故事。松树和红豆杉一副忧伤的模样，垂柳也是。榛树、核桃树、板栗树很冷酷，它们的性格可不好。时不时地，它们会发起火来，发出喀拉喀拉的巨响。

小男孩很喜欢跟老橡树说话。他吹着口哨说：

"你叫什么名字？"

"吐噢吐。"橡树回答。

"森林之王是你吗？"小男孩问。

"不，不，森林之王住在遥远的地方，在大山的另一边。不过它也是一棵橡树，跟我一样。"

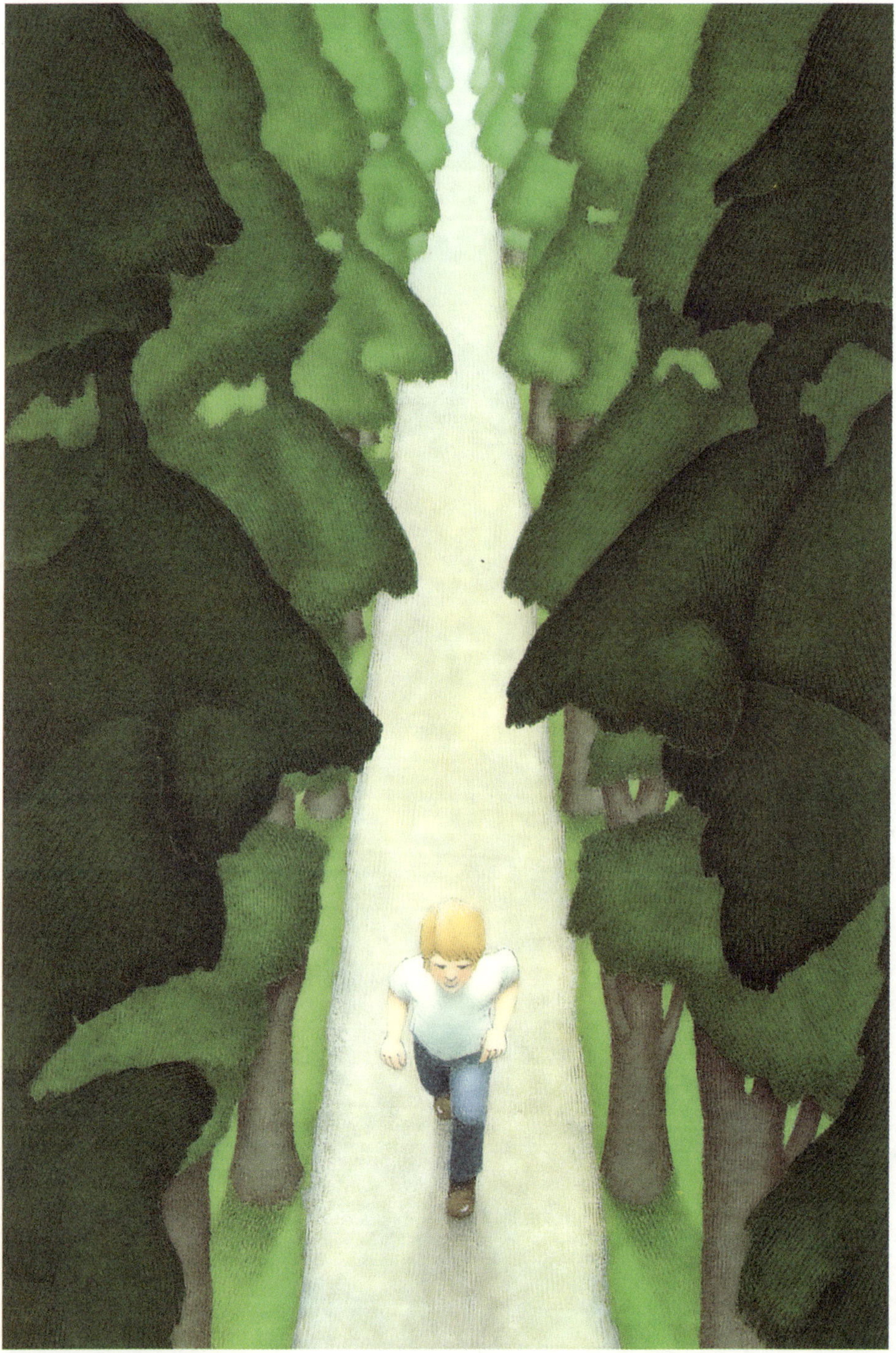

"它叫什么名字?"

老橡树沉思了一会儿。他沉思的时候,枝干发出咔咔的声音。

"我们叫它喔托呦,在我们的语言里意思是陛下。"

"它应该很老了吧。"小男孩说。

"那可是非常老了!三千年前我出生的时候,它就已经很老了。"

小男孩对老橡树充满了崇敬。

"活这么久一定很好。"

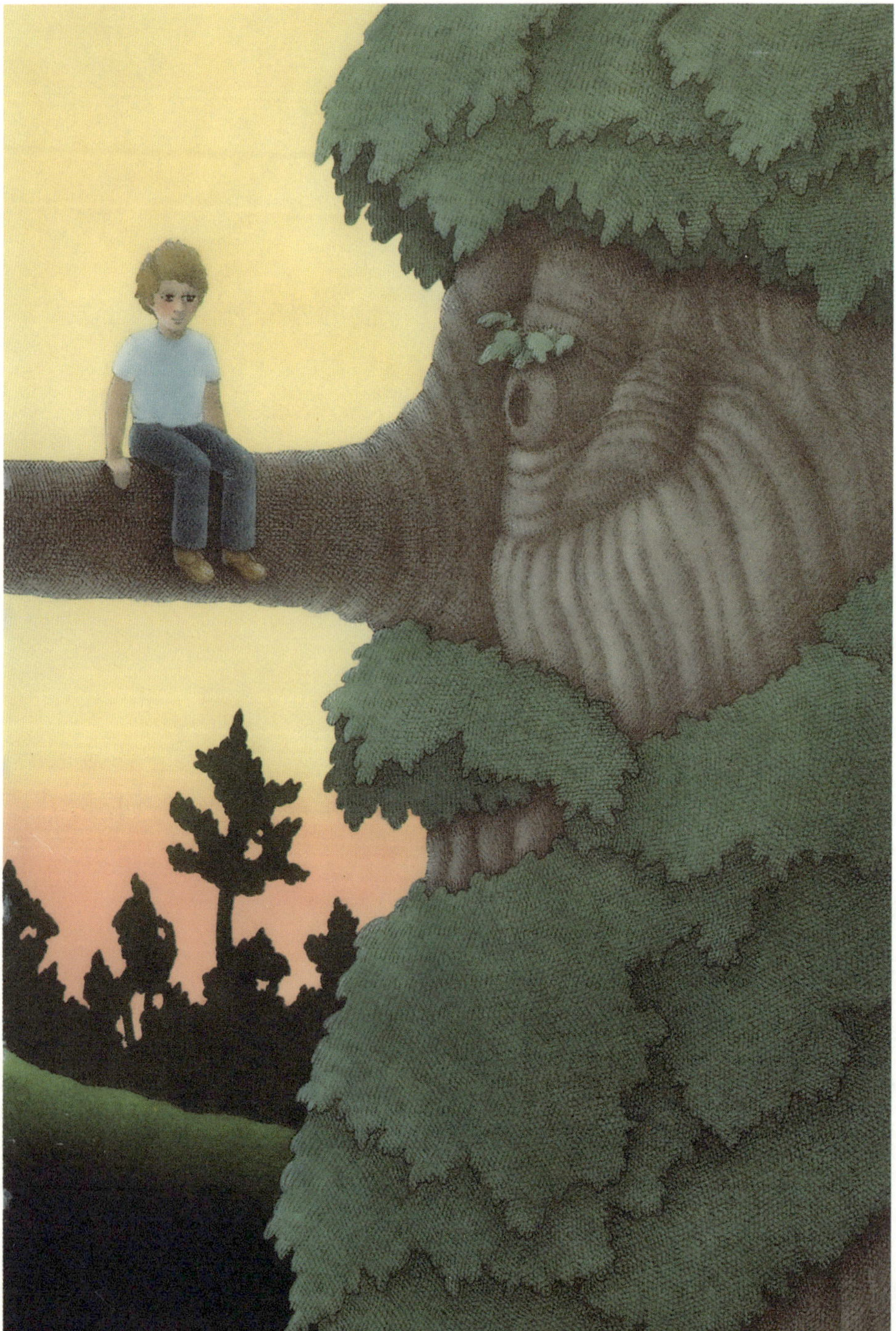

"是啊,可以学习很多东西。"橡树说。

"有一天,你可能会成为森林之王呢。"小男孩说。

老橡树听着非常高兴,挺直了身体。

"谁知道呢?如果我没有被雷击倒,也许,会呢……"

"那白杨呢?它们不能成为国王吗?"

老橡树咝咝地冷笑起来。

"它们?它们只知道闲聊,跟鸟一样。它们最后都会变成火柴盒里的火柴。"

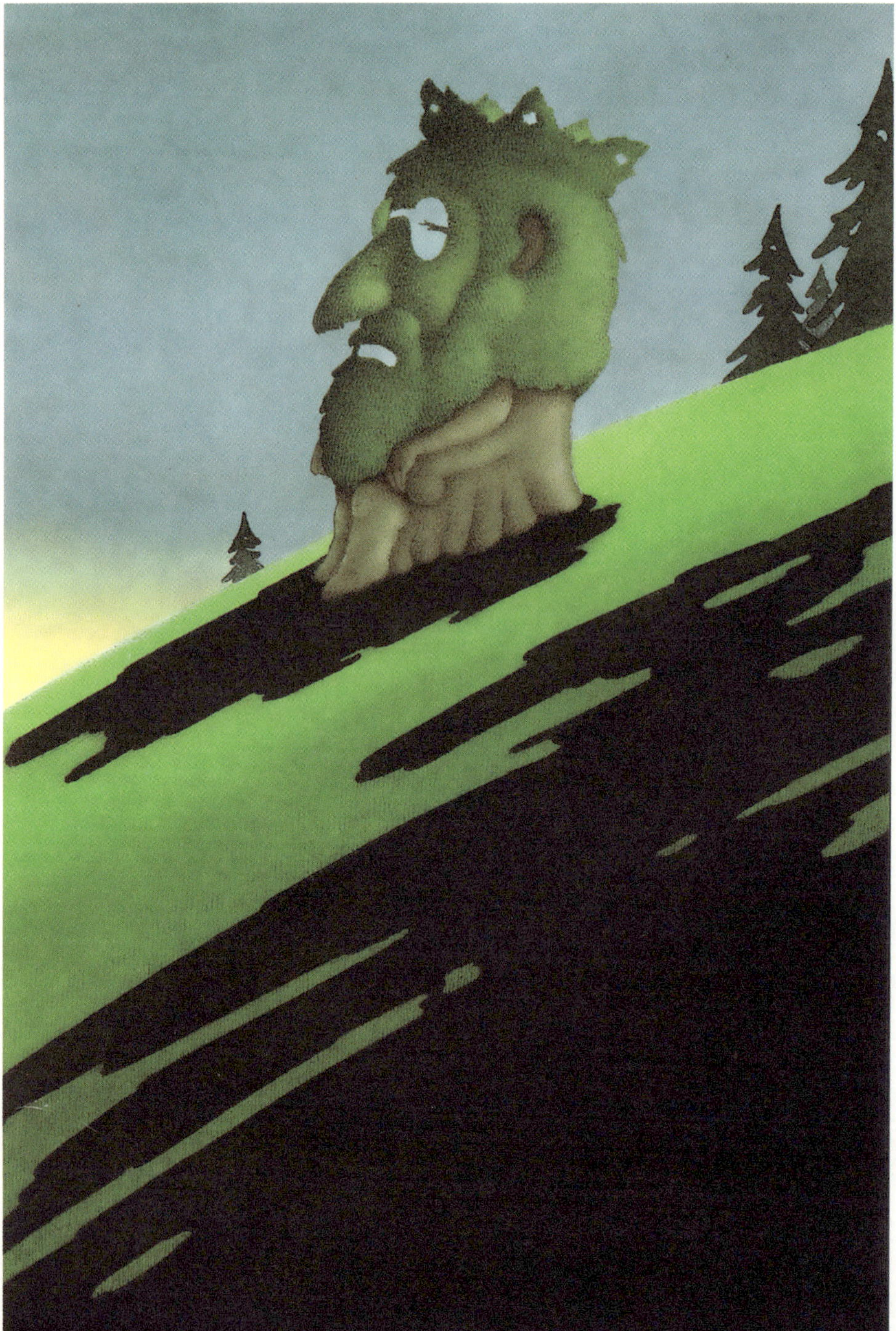

小男孩有点伤感,因为他很喜欢白杨。他向橡树告辞,继续走在森林里。他轻声吹着口哨向前走,让树们知道是他来了。他又来到一片林间空地,这里有很多年轻小树,有浅绿色的冷杉和桉树。很快,所有的树都来跟他打招呼了,兴高采烈地喊他,发出悉悉声:

"唏嘘咦（其他树都是这么叫他的，意思是小人人），你今天晚上来参加舞会吗？"

小男孩说他会尽量来。他会等所有人睡着后，偷偷从家里溜出来。

当夜幕降临之时，小男孩回到森林。他一点也不害怕，因为树们都是他的好朋友。天空是蓝黑色的，他来到林间空地的时候，一轮圆月当空照，他听见了音乐声。那是树们一起唱着相同的调子。来的只有年轻的小树。老橡树们和那棵古老的枫树留在森林边上放哨。有的时候，会有偷猎的人进入森林，枫树必须学猫头鹰叫，来警告其他树木。

年轻的小树围着空地绕成圈，边跳边唱。树们像人一样跳舞，但是非常慢。它们用根部来滑动，时刻保持平衡，它们叫道：

"啼唔陀……啼唔……啼唔陀！"

然后，它们慢慢地各自转圈，拍打着旁边小树的枝条，再向另一个方向转。它们跳得不紧不慢，柔软舒缓。看着真是很奇怪。小男孩看了一会儿这些树懒洋洋地跳舞，自己也加入进去。他慢慢地转圈，朝一个方向，然后换另一个方向，双臂交叉，

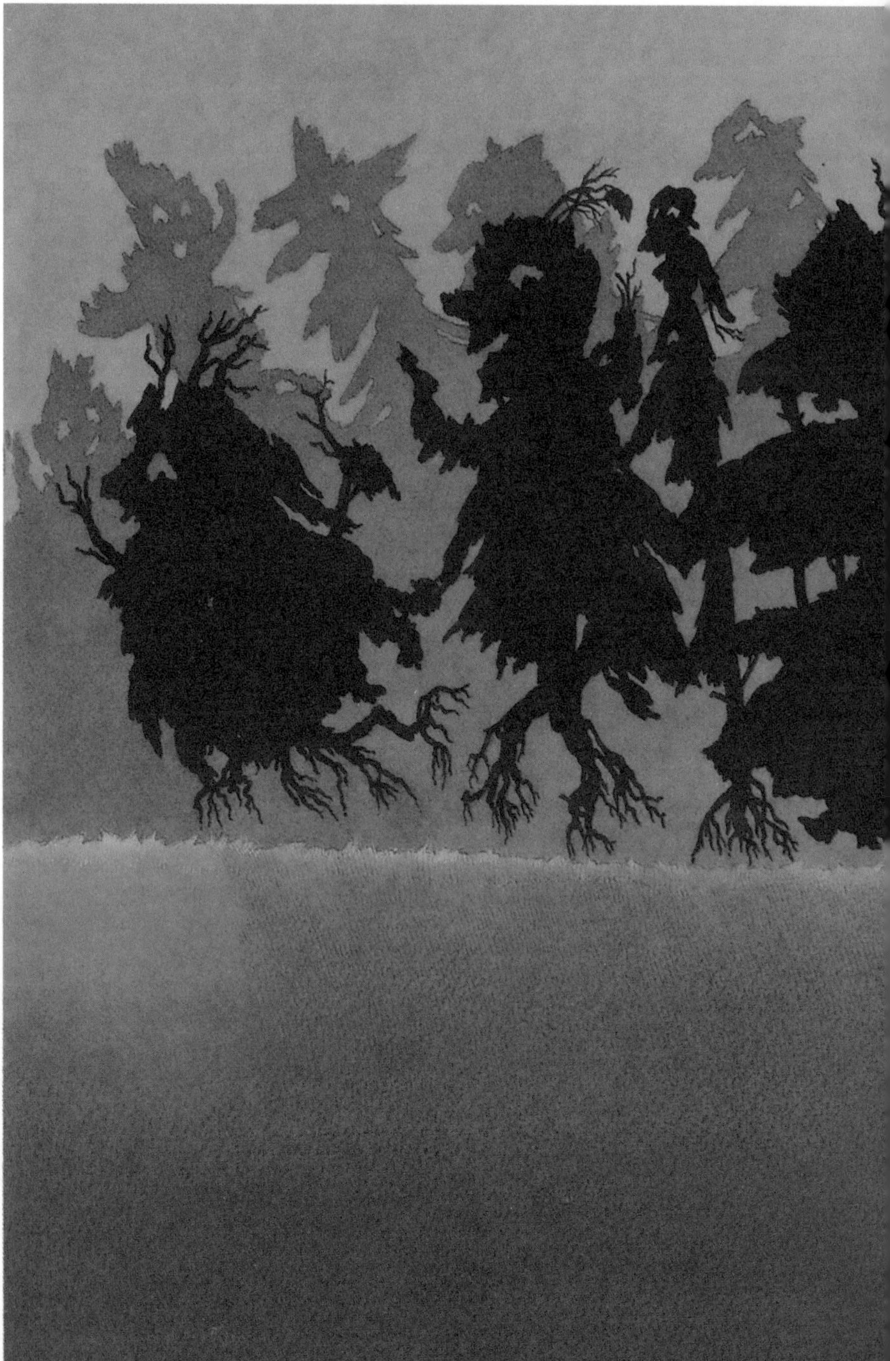

他和一棵非常年轻的柏树一起跳舞，这棵小树还没有他高呢。他每转完一圈，就伸出手臂拍拍柏树的枝条，然后笑起来。舞会持续了很久。树们同时唱着，发出一串"吐特、吐、吐、吐、吐唔特"的声音，时而尖锐，时而低沉。跟树枝拍打发出的有规律的声音合在一起，构成了一曲奇特的音乐，这是树们的舞蹈之歌。老树们尤其喜欢重重地拍打对方的树枝，发出很大的爆炸声，在森林里回荡，直到传至远方。大家都很开心，它们忘记自己是老树了，忘记自己必须站在同一个地方几百年不能动；它们用根使劲儿转圈，不停地转圈，慢慢悠悠，地面腾起一片细尘，每次它们拍打枝条，就能看见粉雾和枯叶飞舞在空中。月亮在夜空照亮了自己前进的方向，只要它还挂在天上，树们就会一直跳下去。终于，月亮消失在森林的另一边，树们停下了舞步。它们很累了。小男孩也很累，但是他很开心。树们纷纷回到森林里自己原先的位置。它们微微收

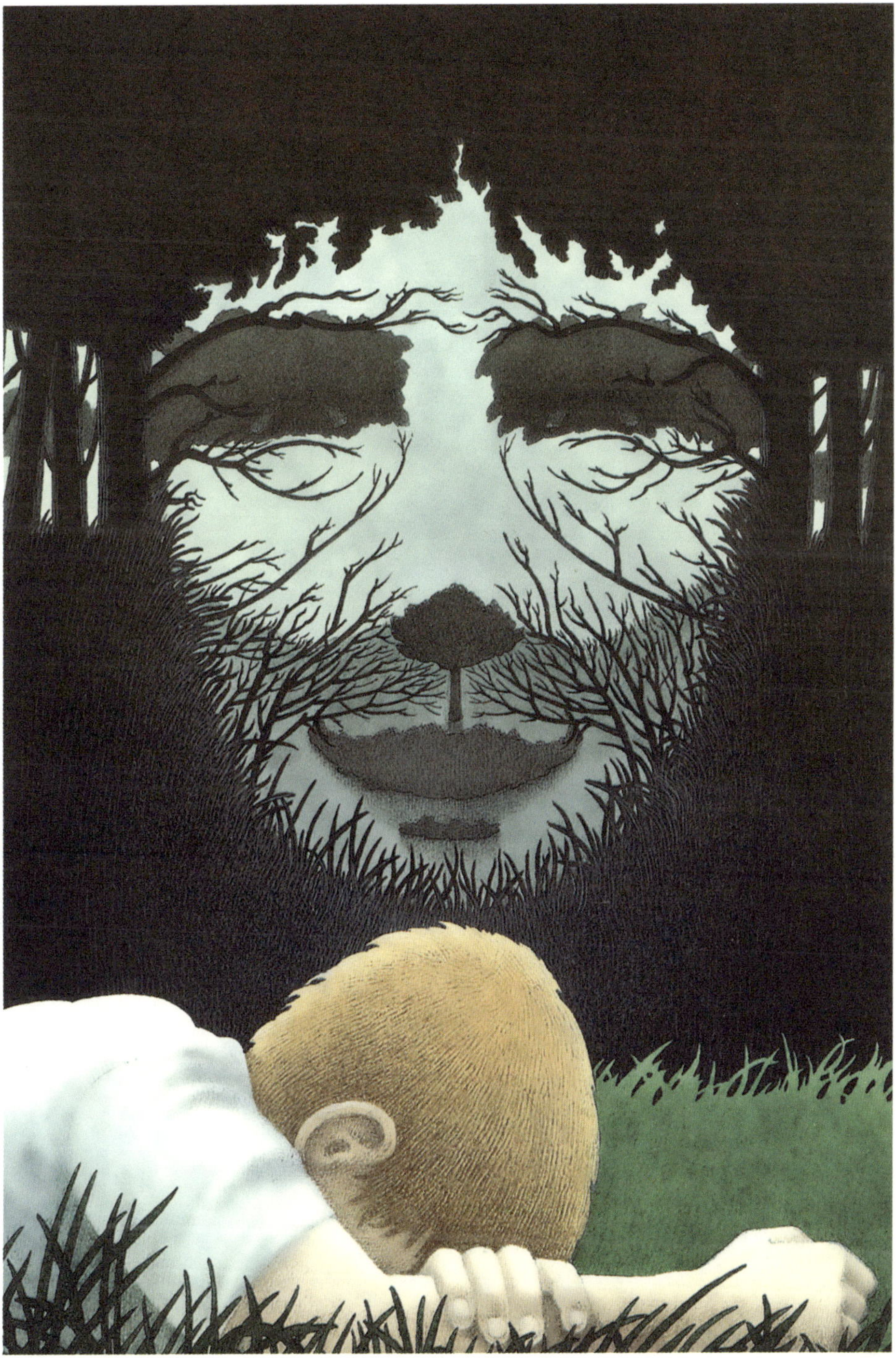

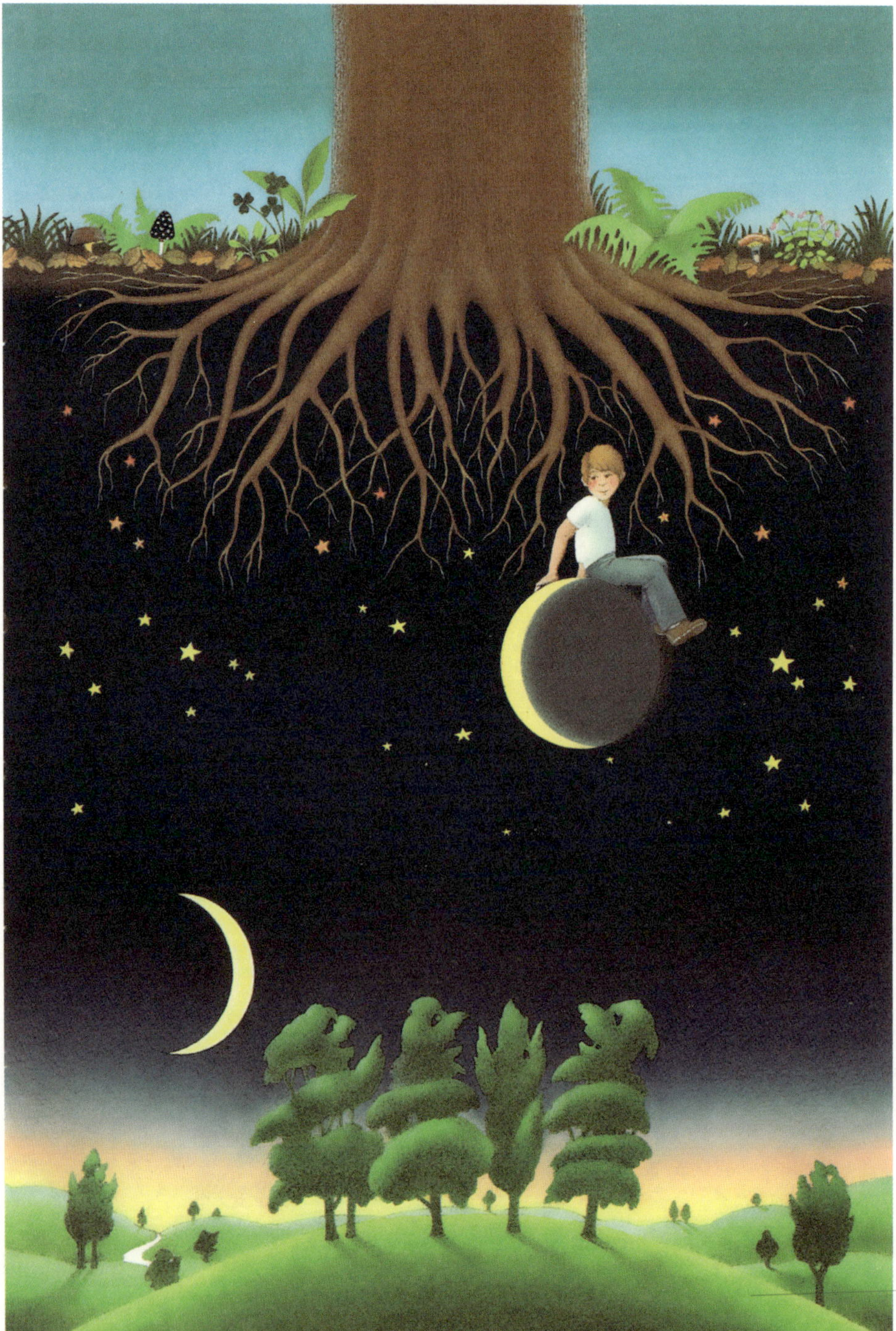

紧枝条，橡树们从森林的一头向另一头呼喊，发出响亮的哗哗声：

"睡觉的时间到了！"

然后，一棵接着一棵，所有树木都合上了叶子上的眼睛，睡了过去。小男孩也困得不行。他在空地中间毯子般的青苔上舒展身体，也闭上了眼睛。空气温和而甜美，因为树们刚刚跳完了舞，身上热乎乎的。小男孩睡了许久，直到晨露洒落。老橡树整晚都守护着他。

图书在版编目（CIP）数据

树国之旅 /（法）勒克莱齐奥著；（法）亨利·加勒隆绘；张璐译. -- 上海：上海人民美术出版社，2022.11（2024.5重印）

（大作家写给孩子们）

ISBN 978-7-5586-2425-4

Ⅰ.①树… Ⅱ.①勒… ②亨… ③张… Ⅲ.①童话－法国－现代 Ⅳ.①I565.88

中国版本图书馆CIP数据核字(2022)第179677号

Voyage au pays des arbres
By Jean-Marie Gustave Le Clézio(text), Henri Galeron(illustration)
© Editions Gallimard Jeunesse,1978

本书中文简体版权归属于银杏树下（上海）图书有限责任公司
著作权合同登记号图字：09-2022-0749

树国之旅

著　　者：[法] 勒克莱齐奥
绘　　者：[法] 亨利·加勒隆
译　　者：张　璐
项目统筹：尚　飞
责任编辑：康　华　张琳海
特约编辑：宋燕群
装帧设计：墨白空间·李　易
出版发行：上海人民美术出版社
　　　　　（上海市号景路159弄A座7楼）
　　　　　邮编：201101　电话：021-53201888
印　　刷：河北中科印刷科技发展有限公司
开　　本：880mm×1230mm　1/32
字　　数：10千字
印　　张：1
版　　次：2022年12月第1版
印　　次：2024年5月第4次
书　　号：978-7-5586-2425-4
定　　价：39.80元

读者服务：reader@hinabook.com 188-1142-1266
投稿服务：onebook@hinabook.com 133-6631-2326
直销服务：buy@hinabook.com 133-6657-3072
网上订购：https://hinabook.tmall.com/（天猫官方直营店）

后浪出版咨询（北京）有限责任公司版权所有，侵权必究
投诉信箱：copyright@hinabook.com　fawu@hinabook.com
未经许可，不得以任何方式复制或者抄袭本书部分或全部内容
本书若有印、装质量问题，请与本公司联系调换，电话 010-64072833